UN MARIAGE

DANS UN CHAPEAU

BOUFFONNERIE EN UN ACTE

PAR

M. VIVIER

REPRÉSENTÉE POUR LA PREMIÈRE FOIS SUR LE THÉATRE DU GYMNASE,
LE 3 FÉVRIER 1859.

PARIS

CHARLIEU, LIBRAIRE-ÉDITEUR

12, BOULEVARD SAINT-MARTIN, 12

1859

UN MARIAGE
DANS UN CHAPEAU

BOUFFONNERIE EN UN ACTE

PAR

M. VIVIER

Représentée pour la première fois sur le théâtre du Gymnase,
le 3 février 1859.

———

PARIS

CHARLIEU, LIBRAIRE-ÉDITEUR

12, BOULEVARD SAINT-MARTIN, 12

—

1859

PERSONNAGES

BENOIT.	M. NUMA.
Mlle BENOIT (Aglaé). . . .	Mlle ROSA DIDIER.
M. DUCOUDROT.	MM. DIEUDONNÉ.
UN COMMISSAIRE. . . .	BLONDEL.
JEAN.	LESUEUR.

S'adresser pour la mise en scène exacte et détaillée à M. Hérold, régisseur de la scène, au Gymnase.

UN
MARIAGE DANS UN CHAPEAU

Le théâtre représente un salon.

UN DOMESTIQUE, dans la coulisse, criant.

Les gens de madame de Vancreuse !... La voiture de madame la baronne de Pondromart !

SCÈNE PREMIÈRE

BENOIT, AGLAÉ.

AGLAÉ.

Bonsoir, papa.

BENOIT.

Bonsoir, chérie. Tu t'es bien amusée ?...

AGLAÉ.

Oui, papa ; et toi ?...

BENOIT.

Moi, pas du tout ; et ta mère ?...

AGLAÉ.

Elle est allée se coucher, papa.

BENOIT.

A quel moment ?...

AGLAÉ.

Pendant que mademoiselle de Pondromart chantait son morceau du *Trovatore*.

BENOIT.

Elle a bien fait, ta mère... Et tu as bien dansé ?...

AGLAÉ.

Oui, papa.

BENOIT.

Avec qui ?...

AGLAÉ.

Avec tous ces messieurs.

BENOIT.

Comment les trouves-tu, ces messieurs ?...

AGLAÉ.

Je les trouve laids, papa.

BENOIT.

Moi aussi ; cependant c'est parmi eux qu'il te faudra choisir un mari.

AGLAÉ.

Ce sera bien difficile.

BENOIT.

Tu as déjà fait ton choix?

AGLAÉ.

Depuis longtemps!

BENOIT.

Et c'est?...

AGLAÉ.

C'est monsieur Ducoudrot.

BENOIT.

Ce petit avocat!

AGLAÉ.

Justement.

BENOIT.

Il n'a pas un sou.

AGLAÉ.

Mais il m'aime.

BENOIT.

Qui te l'a dit?...

AGLAÉ.

Moi, mon père, qui l'ai deviné.

BENOIT.

Embrasse-moi.

AGLAÉ, l'embrassant.

Et puis après?...

BENOIT.

Après, va te coucher, chère enfant.

AGLAÉ.

Et monsieur Ducoudrot?

BENOIT.

Comment, monsieur Ducoudrot!

AGLAÉ.

Oui, monsieur Ducoudrot; vous ne décidez rien?...

BENOIT.

Si fait! Je décide qu'il ne t'épousera pas. Bonsoir, chère enfant.

AGLAÉ, gaiement.

Bonsoir, papa.

BENOIT.

C'est toi qui as dit : Bonsoir, papa?...

AGLAÉ.

Oui, c'est moi.

BENOIT.

Comme tu as dit cela!

AGLAÉ.

Comment voulez-vous que je le dise?

BENOIT.

Tu vois bien que tu ne l'aimes pas tant, ton Ducoudrot.

AGLAÉ.

Mais si !

BENOIT.

Puisque cela ne t'afflige pas que je te le refuse...

AGLAÉ.

Cela m'afflige.

BENOIT.

Mais tu te consoles tout de suite; heureux âge !

AGLAÉ.

Non; mais il est inutile de perdre du temps à pleurer; il vaut mieux garder mon sang-froid et chercher le moyen de vous faire changer d'avis.

BENOIT.

Cherche, ma fille. (La regardant avec admiration.) Je me reconnais en elle; de la résolution, de l'esprit, de la grâce; c'est bien ma fille...Va te coucher, petite, et surtout, ne réveille pas ta mère.

AGLAÉ.

Oui, papa.

BENOIT.

Mais non...

AGLAÉ.

Non, je ne la réveillerai pas. (Elle sort.)

SCÈNE II

BENOIT, JEAN.

BENOIT, à Jean.

Te voilà, Jean ?...

JEAN.

Oui, monsieur.

BENOIT.

Tu as l'air heureux ?

JEAN.

Je suis fier, monsieur.

BENOIT.

De quoi?

JEAN.

D'être à votre service.

BENOIT.

Vraiment !

JEAN.

Oui, monsieur. Depuis vingt ans que j'ai l'honneur de servir dans les premières maisons de Paris, je n'ai jamais vu une aussi belle fête.

BENOIT.

C'était bien, n'est-ce pas? On a beau avoir été dans le commerce, quand on veut s'en donner la peine...

JEAN.

Ah! monsieur, c'était superbe ! Les belles voitures ! Il n'y a eu qu'une personne qui soit partie en fiacre.

BENOIT.

Qui donc ?... Monsieur Ducoudrot, je parie ?...

1.

JEAN.

Non ; il est parti à pied, lui.

BENOIT.

Que disaient les autres domestiques de la maison !

JEAN.

Ils disaient : Oh ! la belle soirée, mon Dieu ! oh ! la belle soirée, mon Dieu !

BENOIT.

Ils disaient cela ?...

JEAN.

Oui, monsieur. Pas aussi bien que moi, mais ils le disaient ; aussi...

BENOIT.

Aussi ?...

JEAN.

Rien.

BENOIT.

Tu as dit : Aussi...

JEAN.

Aussi, je les ai invités à venir prendre quelque chose à la cuisine.

BENOIT.

A quel moment ?

JEAN.

Pendant que mademoiselle de Pondromiart chantait son morceau du *Trovatore*.

BENOIT.

Tu as bien fait... Maintenant, éteins les bougies et va te coucher ; je t'y autorise.

JEAN.

Comment, monsieur, que j'aille me coucher !

BENOIT.

N'y va pas, si tu veux ; mais éteins tout de même les bougies.

JEAN.

Mais, monsieur, dans les maisons où j'ai servi avant d'être chez vous, quand on donnait des fêtes, on n'éteignait les bougies qu'après le départ de la dernière personne ; c'est de bon ton.

BENOIT.

Eh bien ?...

JEAN.

Eh bien, il y a encore quelqu'un ici.

BENOIT.

Chez moi ?

JEAN.

Chez monsieur.

BENOIT.

Tu es fou !

JEAN.

Non, monsieur.

BENOIT.

Tu l'as vu?...

JEAN.

Pas lui, mais son chapeau; cela revient au même, monsieur. Tant qu'il reste un chapeau dans une maison où l'on a donné une fête, c'est qu'il y reste quelqu'un.

BENOIT.

Il y a du vrai là dedans. Où est ce chapeau?

JEAN.

Dans l'antichambre, accroché à un patère.

BENOIT.

A une patère.

JEAN.

Monsieur dit?...

BENOIT.

A une patère. On ne dit pas à un patère... patère n'est du masculin qu'en latin... On dit un *pater* quand on a commis une faute.

JEAN.

Eh bien, monsieur, j'ai commis une faute en disant un patère. (Il rit.)

BENOIT, à part.

Le drôle a de l'esprit; mais n'ayons pas l'air de nous en apercevoir, il me demanderait de l'augmentation. Tu disais donc que tu as trouvé un chapeau? eh bien, c'est le chapeau du pompier.

JEAN.

Le pompier avait un casque, monsieur, et les pompiers n'ôtent jamais leur casque. Que le feu vienne à prendre, à quoi les reconnaîtrait-il, s'ils n'avaient pas leur casque?

BENOIT.

Qui, il?...

JEAN.

Le feu, monsieur.

BENOIT.

Il est bête, je respire!... Eh bien, mon pauvre Jean, tu peux éteindre les bougies; ce chapeau est à moi.

JEAN.

Non, monsieur, je sais où il est, votre chapeau.

BENOIT.

Et où est-il?

JEAN.

Il est dans son étui, un étui en carton vert.

BENOIT.

Comment! tu as un aussi grand soin de mes chapeaux?

JEAN.

De votre chapeau, monsieur! vous n'en avez jamais qu'un à la fois, et encore... Mais rassurez-vous, monsieur, ce n'est pas moi qui ai soin de votre chapeau, c'est madame.

BENOIT.

Ma femme !

JEAN.

Oui, monsieur.

BENOIT.

Quel ange ! Oh ! merci, merci, mon Dieu !

JEAN.

Or, quand monsieur rentre, madame prend son chapeau,
elle le brosse elle-même...

BENOIT.

Excellent cœur !

JEAN.

Et elle le serre dans son étui ; mais ce que monsieur ne sait
pas, c'est que lorsque madame se couche, elle emporte avec
elle le chapeau de monsieur, pour que monsieur ne puisse
plus sortir.

BENOIT.

Elle est jalouse... Chère Eudoxie !... (Devenant inquiet.) Mais
alors, à qui est ce chapeau de l'antichambre ?

JEAN.

Voilà... à qui ?...

BENOIT.

Quand tu l'as trouvé, tu n'as pas eu l'idée de visiter les
salons pour trouver son propriétaire ?

JEAN.

Si, monsieur ; j'ai visité toutes les chambres, excepté celles
de mademoiselle et de madame.

BENOIT.

Et ma femme qui s'est retirée pendant que mademoiselle de
Pondromart... Doute horrible...

JEAN.

Monsieur pâlit !

BENOIT.

Va me chercher ce chapeau.

JEAN.

Nous aurions dû commencer par là.

BENOIT.

Mais va donc ! (Jean sort.) Oh ! non, c'est impossible : Eudoxie
a cinquante-sept ans, elle porte des lunettes et elle souffre
d'une sciatique. Non, elle m'aime toujours, elle n'est pas
coupable.

JEAN, rentrant.

Voici le chapeau.

BENOIT.

Il a quelque chose d'étrange !

JEAN.

Oui, monsieur, il est tout neuf, c'est étrange pour un chapeau qui vient au bal et qui reste le dernier.

BENOIT.

La coiffe est bleue !

JEAN.

Peut-être verte, le soir on ne sait pas bien. (Criant.) Ah !
monsieur !

BENOIT.

Quoi ?

JEAN, criant.

Ah ! monsieur !

BENOIT.

Quoi, imbécile ?

JEAN.

Il y a quelque chose dans le chapeau.

BENOIT.

Es-tu sûr ?

JEAN.

Oui, monsieur.

BENOIT.

Qu'est-ce que c'est ?...

JEAN.

C'est du papier.

BENOIT.

Voilà tout ?

JEAN.

Voilà tout !

BENOIT.

Eh bien, qu'est-ce qu'il fait là, ce papier ?...

JEAN, déroulant le papier.

Il fait le tour du chapeau. (Il déploie le papier qui n'en finit plus.)

BENOIT.

Mais il y a quelque chose d'écrit sur ce papier !

JEAN.

Rien ne vous échappe. (Il montre le papier ouvert et lit, écrit en
grosses lettres.) « Quand vous trouverez ce chapeau, j'aurai cessé
d'exister ! »

BENOIT.

Pas de signature ?...

JEAN.

Non, monsieur.

BENOIT.

Un suicide inconnu, c'est affreux ! Il faut courir !

JEAN.

Où ?

BENOIT.

A la rivière.

JEAN.

Mais s'il s'est brûlé la cervelle ?...

BENOIT.

Nous l'aurions entendu.

JEAN.

Il demeure peut-être très-loin. Savez-vous ce qu'il faut faire,
monsieur ?...

BENOIT.

Dis, car je n'ai plus ma tête.

JEAN.

C'est exactement comme le chapeau.

BENOIT.

Voyons, que faut-il faire?...

JEAN.

Eh bien, monsieur, il y a sur ce papier: «Quand vous trouverez ce chapeau, j'aurai cessé d'exister...» il y a cela, n'est-ce pas?... Eh bien, comme il ne sait pas que nous avons trouvé le chapeau... car qui le lui aurait dit?

BENOIT.

C'est juste.

JEAN.

Remettons le chapeau où il était et allons nous coucher; le malheureux n'aura pas cessé d'exister. La cause cessant, l'effet disparaît.

BENOIT.

Tu as donc reçu de l'éducation?

JEAN.

Oui, monsieur; mais des revers de fortune : mon père, ancien concierge...

BENOIT, l'interrompant.

Non, non, pas maintenant, l'année prochaine si tu veux. Je crois que tu as raison... va remettre le chapeau.

JEAN.

Bonsoir, monsieur.

BENOIT.

Je pense à une chose.

JEAN.

Laquelle, monsieur?...

BENOIT.

Ton moyen est bête.

JEAN.

Monsieur voudra bien me le prouver.

BENOIT.

Ce malheureux a écrit : « Quand vous trouverez ce chapeau, j'aurai cessé d'exister, » ce qui veut dire clairement : Je vais d'abord cesser d'exister; quant au chapeau, vous le trouverez ou plus tôt ou plus tard, peu m'importe, moi, j'aurai toujours cessé d'exister.

JEAN.

Alors, n'en parlons plus! J'hérite d'un chapeau... à moins que monsieur...

BENOIT.

Je te le donne.

JEAN.

Merci, monsieur.

BENOIT.

Écoute, je ne m'intéresse en aucune façon à cet imbécile qui est allé se tuer, tu le penses bien !

JEAN.

Je connais monsieur.

BENOIT.

Nonobstant...

JEAN.

Monsieur dit?...

BENOIT.

Je dis nonobstant...

JEAN.

Oh! monsieur! à trois heures du matin, des mots comme ça ! Si on vous entendait !...

BENOIT.

Nonobstant...

JEAN.

Du moment que monsieur y tient...

BENOIT.

Oui, j'y tiens. Nonobstant, cet individu m'intrigue, et comme tôt ou tard on connaîtra son nom, je ne serais pas fâché de l'avoir deviné... (On entend un gémissement; Benoît, aussi effrayé que Jean.) Quoi ?

JEAN.

Avez-vous entendu ?

BENOIT.

On a poussé un soupir.

JEAN.

Un râle, monsieur. Est-ce que le malheureux...

BENOIT.

Se serait pendu chez moi ?

JEAN.

Nous aurions de la corde, ce serait une consolation. (On entend un nouveau soupir.)

BENOIT.

Cette fois je ne me suis pas trompé.

JEAN.

L'autre fois non plus; c'est là. (Il montre la droite.)

BENOIT.

Là, c'est la chambre de ma fille; ce chapeau n'est pas à elle.

JEAN.

Ah! monsieur, mademoiselle monte à cheval.

BENOIT.

Tais-toi.

JEAN.

C'est égal, appelez-la, monsieur.

BENOIT.

Ma voix tremble ! (Nouveau soupir.) Aglaé ! Aglaé !

AGLAÉ, de la coulisse.

Papa?

BENOIT.

Tu es dans ta chambre ?

AGLAÉ.

Oui, papa.

BENOIT.

Qu'est-ce que tu fais ?

AGLAÉ.

Je gémis.

JEAN.

Voyez-vous, monsieur !

BENOIT.

Pourquoi gémis-tu ?

AGLAÉ.

Parce que je suis blessée.

BENOIT.

Où es-tu blessée ?

AGLAÉ.

Dans mes espérances.

JEAN.

Mais, monsieur, appelez-la donc tout... appelez-la donc tout de suite, elle nous donnera pe -être quelque indication pour le chapeau.

BENOIT.

Mais Aglaé est couchée ; n'est-ce pas, chère, que tu es couchée ?

AGLAÉ.

Non, papa.

BENOIT.

Eh bien, viens me parler.

AGLAÉ.

Oui, papa. (Elle entre.)

BENOIT.

Éclaire-nous : Jean a trouvé ce chapeau dans l'antichambre avec ce papier dedans. Qu'en penses-tu, toi qui as été élevée au couvent ?

AGLAÉ, lisant.

« Quand vous trouverez ce chapeau, j'aurai cessé d'exister ! » (Elle pousse un cri et s'évanouit.)

BENOIT, la recevant dans ses bras.

Ma fille, reviens à toi !

JEAN.

Monsieur, on dit toujours ça, ça ne sert à rien du tout ; il vaut mieux la délacer ; attendez, monsieur, je vais la délacer.

BENOIT.

Insolent !

JEAN.

Monsieur, je suis père.

BENOIT.

Ma fille adorée !

JEAN, ouvrant la porte.

Je crois qu'un peu d'air vaudra mieux que tous vos adjectifs.

BENOIT.

Tu te trompes, elle revient à elle. Ma fille !... Va chercher sa mère.

JEAN.

Non, monsieur.

AGLAÉ, rouvrant les yeux.

Où suis-je ?

BENOIT.

Tu es dans un de mes salons.

JEAN.

Dans le plus beau, mademoiselle.

AGLAÉ.

Je me rappelle... (Elle pousse un cri.) Ah ! mon père, vous serez cause de la mort de votre enfant !

BENOIT.

Où vas-tu ?

AGLAÉ.

Je vais partager son sort.

BENOIT.

A qui ?

AGLAÉ.

A celui que j'aime. Comment, vous ne comprenez pas ?

BENOIT.

Non, je ne comprends pas, et toi ?

JEAN.

Moi non plus; je ne suis qu'un valet, je ne me permettrai pas de comprendre, tant que monsieur ne comprendra pas.

AGLAÉ.

Vous ne comprenez pas que celui à qui appartient ce chapeau est l'homme que vous avez désespéré par vos refus, qui aime mieux mourir que de ne pas être mon époux ! Donnez-moi ce chapeau, mon père, vous ne pouvez pas me refuser le chapeau de l'homme qui meurt pour moi !

BENOIT.

Le voici, ma fille.

JEAN.

Monsieur, vous me l'aviez promis.

BENOIT.

Je te donnerai le mien; je ne peux pas lui refuser cette dernière consolation.

AGLAÉ.

Son cher chapeau qui lui allait si bien ! Tu ne me quitteras plus, va.

BENOIT.

Il va bien t'embarrasser.

AGLAÉ.

Tu resteras toujours dans ma chambre.

BENOIT.

Diable ! mais qui te prouve...

AGLAÉ.

Est-ce que je ne reconnais pas son écriture !

BENOIT.

Il t'écrivait donc ?

AGLAÉ.

Oui, mon père.

BENOIT.

Jean, sortez : vous êtes de trop dans un mystère de famille.

AGLAÉ.

Non, restez, Jean ; il n'y a rien que je ne puisse avouer devant vous.

JEAN, regardant la pendule.

Quatre heures... il n'est encore que quatre heures. Mon Dieu ! que cette nuit est longue !

AGLAÉ.

Je le vois encore quand il venait vous faire visite, mon père ; car il était très-bien élevé, il venait vous faire visite souvent, il tenait son chapeau ainsi de la main gauche sur sa jambe, et il me regardait silencieusement ; quand nous étions seuls, il le jetait au hasard dans la chambre et il se précipitait à mes genoux...

BENOIT.

A tes genoux ?

AGLAÉ.

Oui, mon père.

BENOIT.

Sortez, Jean.

JEAN, ne bougeant pas.

Oui, monsieur.

AGLAÉ.

Restez, Jean.

JEAN.

Oui, mademoiselle.

AGLAÉ.

Et alors il me parlait de son amour, il faisait de beaux projets.

JEAN.

Des chapeaux en Espagne.

AGLAÉ.

Il me parlait de sa mère, qui l'a élevé avec tant de sacrifices, qu'il adorait, pauvre mère !

JEAN, pleurant.

C'est affreux !

BENOIT, ému.

Voyons, Jean, ne pleure pas.

JEAN.

Vous pleurez aussi, vous, monsieur. Oh ! vous êtes bon ! j'ai là un bien bon maître. (On sonne violemment.)

AGLAÉ.

On a sonné.

BENOIT.

Qui ce peut-il être ? Va voir.

JEAN.

J'ai peur.

AGLAÉ.

J'y vais, moi. (On sonne de nouveau.)

BENOIT, s'adressant à Jean.

Non, demande à travers la porte.

JEAN, ouvrant la porte du fond et criant.

Qui est là ?

UNE VOIX.

Ouvrez, au nom de la loi...

BENOIT.

Au nom de la loi ! Aurait-on appris qu'autrefois, dans mon commerce... Je tremble... O mon Dieu ! sauvez-moi, et je fais vœu de donner ma fille à cet imbécile de Ducoudrot.

(Jean a été ouvrir la porte.)

LE COMMISSAIRE, entrant.

Monsieur Benoit ?

BENOIT.

Je tremble... C'est moi, monsieur.

LE COMMISSAIRE.

Connaissez-vous un jeune homme nommé Ducoudrot ?

AGLAÉ.

Il est mort.

BENOIT.

Oui.

LE COMMISSAIRE.

Il se réclame de vous.

BENOIT.

Qu'a-t-il fait ?

LE COMMISSAIRE.

Un de mes agents a arrêté le sieur Ducoudrot courant sans chapeau dans la rue. Il a prétendu qu'il sortait de chez vous, est-ce vrai ?

BENOIT.

C'est vrai.

LE COMMISSAIRE.

Entrez, sieur Ducoudrot.   (Ducoudrot entre.)

AGLAÉ.

C'est lui !... Sauvé, sauvé, mon Dieu ! Ah ! comme il a le nez rouge !

LE COMMISSAIRE.

Vous reconnaissez monsieur ?

BENOIT.

Parfaitement.

LE COMMISSAIRE.

Vous garantissez sa moralité ?

BENOIT.

Comme la mienne. (A part.) Il ne sait pas qu'autrefois dans le commerce...

LE COMMISSAIRE, à Ducoudrot.

Jeu ... omme, vous êtes libre. Messieurs, j'ai bien l'honneur c .ous saluer. (Regardant Aglaé en sortant.) Jolie personne.

AGLAÉ.

Il est très-bien ce monsieur.

JEAN, à Ducoudrot.

Monsieur, nous savons tout, nous avons trouvé...

BENOIT.

Jean, sortez.

JEAN, ne bougeant pas.

Oui, monsieur.

BENOIT, à lui-même.

C'est dur, mais il le faut, je l'ai juré. (A Ducoudrot.) Jeune homme...

DUCOUDROT.

Monsieur...

BENOIT.

Vous aimez ma fille?

DUCOUDROT.

Oui, monsieur.

BENOIT.

Elle vous aime?

DUCOUDROT.

Je le sais.

BENOIT.

Elle vous l'a dit?

DUCOUDROT.

Oui, monsieur.

BENOIT.

Souvent?

DUCOUDROT.

Une cinquantaine de fois.

BENOIT.

J'ai fait un vœu tout à l'heure, cela ne m'amuse pas de le tenir, mais enfin... revenez dans la journée causer avec sa mère.

DUCOUDROT.

Merci, monsieur.

BENOIT.

Maintenant, reprenez votre chapeau. (Il lui donne le chapeau.)

DUCOUDROT.

Ce n'est pas à moi, ce chapeau-là.

BENOIT.

Ce n'est pas à vous! cependant vous êtes sorti d'ici sans chapeau.

DUCOUDROT.

Oui.

BENOIT.

Pourquoi?

DUCOUDROT.

Parce qu'on m'avait pris le mien.

BENOIT.

Chez moi! c'est impossible.

JEAN.

Oh! monsieur, cela se fait dans les meilleures sociétés.

BENOIT.

Alors, ça doit se faire chez moi. Mais à qui ce chapeau? et quel est le malheureux... (Cinq heures sonnent.)

JEAN.

Une, deux, trois! nous allons le savoir.

AGLAÉ, DUCOUDROT.

Comment cela?

JEAN, dépliant un papier.

Il m'a dit...

AGLAÉ.

Qui, il?

JEAN.

Le propriétaire du chapeau.

BENOIT.

Tu le connais donc?

JEAN.

Moi, monsieur? Je ne connais que lui.

DUCOUDROT.

Pourquoi ne le nommez-vous pas?

JEAN.

Comment, c'est vous qui me dites ça?... c'est que... si je ne le nomme pas, c'est qu'il y a une raison. (A part.) C'est bête ce qu'il dit là pour un avocat. Il m'a dit : « A cinq heures du matin tu réuniras la famille Benoit, excepté la mère, qui est souffrante... tu ouvriras cette lettre et tu en feras la lecture à haute voix. »

BENOIT.

Lis!

AGLAÉ.

Lis!

DUCOUDROT.

Lis!

JEAN, lisant.

« Je soussigné déclare par la présente que le chapeau trouvé dans l'antichambre de monsieur Benoit, après le beau bal qu'il a donné, m'appartient; qu'à l'heure où vous lirez cette déclaration, je suis tranquillement couché dans mon lit, et que, par conséquent, c'est ce qu'on appelle une farce. Doué d'un caractère mélancolique que je tiens de ma nourrice, je cherche à me distraire par tous les moyens possibles ; j'y arrive difficilement, mais enfin j'y arrive. Je renonce à la farce du chapeau. Elle est connue, j'en prépare une nouvelle. Que la hausse soit avec vous !

» THÉOBALD DE FRICAMPOIX. »

BENOIT.

Je ne connais pas, mais je découvrirai... j'ai son nom.

JEAN.

Post-scriptum. (Lisant.) « Je vous préviens que Théobald de Fricampoix n'est pas mon nom, et que, par conséquent, il est inutile de chercher à me reconnaître. Adieu pour la vie. Donnez mon chapeau à celui que vous en trouverez le plus digne. » (Éternument.)

BENOIT.

Adieu, jeune homme, soignez-vous, surtout ne sortez pas nu-tête. Prenez ce chapeau.

DUCOUDROT.

Prendre le bien d'autrui, jamais !

BENOIT.

Il est honnête, ma fille ne sera pas heureuse ! Maintenant, allons nous coucher. Jean, éteins les bougies.

FIN

Paris.— Typ. de H. S. Doudey-Dupré, rue St-Louis, 46.

23